D1694569

Originalausgabe
1. Auflage 2001

ISBN 3-9807502-2-1

rioverlag 89257 Illertissen

Fotos: Gundi Dobler
Layout und Umschlaggestaltung: Wolfgang Trips
Druck: WB-Druck 87669 Rieden

Direktvertrieb:
rioverlag
Wolfgang Trips
Josef-Forster-Str. 6
89257 Illertissen
Fax: 07303-2869
www.rioverlag.de

Sonnenmeer

Neue Gedichte und Bilder

von

Gundi Dobler

Letztes Jahr fing alles an...

...ich schrieb mein Erstlingswerk, die "Seelenrast", und ahnte nicht, wie viele Bücher nun auf Nachtkästchen liegen, aus Büroschubladen hervorlugen oder in Wohnzimmerregalen bei den unterschiedlichsten Menschen einen liebevollen Platz gefunden haben!

All die positiven Äußerungen und Nachfragen, wann denn das zweite Buch erscheint, haben mich dazu ermutigt, weitere Gedanken in Worte zu fassen und sie mit eigenen Fotos zu unterstreichen.

Es sind Themen des Alltags und Gefühle, die in unserer Seele wohnen, in meiner und in Deiner!
Lass die Gedanken dahinspazieren, auf dem Weg,
den ich mit meinen Worten gepflastert habe, und Dich manchmal innehalten, um Dich selbst dabei zu entdecken oder eingefahrene Alltagsmuster zu überdenken und vielleicht neu zu stricken!

Die Gedichte sollen Dein Herz mit Wärme erfüllen und den Tag beleuchten, damit sich Deine Seele in ein "Sonnenmeer" verwandelt .....

Mit einem Lächeln...

Gundi Dobler

Sonnenmeer

*Vor uns erstreckt sich ein strahlendgelbes Meer,
und bei diesem Anblick beginnt unsere Seele sanft zu schwingen.*

*Es ist beruhigend, diese leuchtende Flut mit den Augen aufzufangen
und mit unserem Inneren in Harmonie zu bringen.*

*Fast scheint es, die Sonne hätte sich auf den Weg gemacht,
um sich wie ein unerwartetes Geschenk zu unseren Füßen zu legen,*

*damit sich unser Inneres erwärmt
und sich unsere Herzen nach der tristen und grauen Zeit neu beleben.*

*Es ist kein großer Aufwand, sich ein wenig Zeit zu stehlen
und für eine Weile am Straßenrand innezuhalten,*

*um diese natürliche Schönheit in sich aufzunehmen
und ein wenig Platz zu schaffen.*

Dann kann sich die Wärme in uns entfalten.

Aufgerafft

*Der Wecker läutet und schreckt uns
aus tiefstem Schlaf und geträumter Zeit,*

*der Tag beginnt und tausend Dinge schießen durch unseren Kopf;
viele Aufgaben stehen für Taten bereit!*

*Es wäre verlockend und bequem, sich taub zu stellen
und die Decke ignorierend über den Kopf zu ziehen,*

*mit geschlossenen Augen in einer Traumwelt zu versinken
und den Ereignissen des Tages zu entfliehen.*

*Das Pflichtbewusstsein rüttelt an unserer Schulter
und ermahnt uns, endlich aufzustehen,*

*doch auch die Neugier auf den blinzelnden Tag wird in uns wach,
und wir fragen uns: Was wird noch geschehen?*

*Jeder Tag ist einzigartig und nicht kalkulierbar;
er kann voller Überraschungen stecken,*

*wir müssen ihn jedoch durchwandern, um daraus zu lernen
und uns immer wieder neu zu entdecken!*

*Der Alltag hat süße und herbe Augenblicke
für jeden von uns auf dieser Welt,*

*doch nur dem, der sich bereit macht und aufrafft,
werden sie in Aussicht gestellt!*

Gedankenreise

*Ein stiller Ort, der richtige Augenblick, Zeit,
um seine Gedanken auf die Reise zu schicken
Geschlossene Augen, die all das Unwichtige um uns herum
für einen Moment unsichtbar werden lassen*

*Träume, die sich wie ein seidener Faden
durch unsere Gedankenwelt spinnen
Das Bewusstsein, mit unserem Geist
Macht über unseren Körper auszuüben*

*Sich fallen lassen, ohne Angst,
um weich und sicher in der Seele zu landen
Vergangene Dinge, die in der Erinnerung ruhen,
noch einmal neu erleben*

*Mit Phantasie und reiner Vorstellungskraft
Bilder in die Seele malen
Geschehnisse mit Abstand betrachten und feststellen,
dass sie unwichtig geworden sind*

*Sich selbst spüren, den Gefühlen folgen
und den Sinnen vertrauen
Jeden Augenblick bewusst genießen und in sich aufsaugen,
um zu spüren, dass man lebt*

*Immer wieder eine Möglichkeit suchen,
um sich auf eine Gedankenreise zu begeben...*

Gleichgewicht

*Du musst deine eigene Lebensphilosophie finden,
und nur du entscheidest, wie deine Seelenwaage steht.*

*Dein Glück bestimmst du allein, und kein anderer ist dafür zuständig
oder daran schuld, wenn es vergeht.*

*Ebenso kann man dich nicht
für die Unzufriedenheit anderer zur Verantwortung ziehen.*

*Jeder hat die Möglichkeit, sein Leben zu gestalten,
und dein Anteil daran ist freiwillig, von dir ausgeliehen.*

*Deine Vorstellungen musst du dir stets vor Augen halten
und überlegen: Was kannst du dafür tun?*

*Erwarte nicht, dass dir andere
dies auf Dauer abnehmen, damit deine Energien ruhen!*

*Du selbst hast die Kraft, Berge zu versetzen,
wenn du es tief in deinem Herzen willst.*

*Verlass dich auf dich selbst - und du weißt,
was du hast und wie du dich fühlst.*

Ehrlichkeit

*Manchmal ist es gar nicht so einfach,
aufrecht zu seiner Meinung zu stehen.*

*Es erfordert Mut und einen innerlichen Ruck,
um die Gefahr der Lüge zu umgehen!*

*Sicherlich ist es der bequemere Weg,
wie ein Fähnchen im Wind zu fliegen,*

*als offen zu seinen Gedanken zu stehen,
und sich dadurch zu bekriegen!*

*Es ist nicht schön,
schlecht hinter anderer Rücken zu reden*

*und dem Betroffenen
keine Chance zur Verteidigung zu geben.*

*Wer mag es schon selbst,
wenn die Gerüchteküche brodelt und gärt,*

*man sich verraten fühlt
und dies am eigenen Leibe erfährt?*

Neues Leben

*Es entsteht aus winzigen Bestandteilen,
die sich finden und zu einem Ganzen vereinen,
alles ist bereits für den kleinen Menschen festgelegt,
nur sichtbar ist es für keinen!*

*Er wächst in Geborgenheit heran und wird von Wärme umhüllt
dem großen Tag entgegen getragen,
die Freude ist sehr groß und doch beschäftigt es
die Eltern mit Gedanken und Fragen!*

*Irgendwann kommt der Zeitpunkt,
den Schritt in die Welt zu wagen und die Ankunft zu signalisieren,
dies kann oft sehr mühsam sein,
und man ist kurz davor, die nötige Kraft zu verlieren.*

*Doch ist es vollbracht, dann sind die Schmerzen
schon bald in Vergessenheit geraten,
das Glück ist vollkommen, und über die Zukunft
wird nachgedacht und beraten.*

*Man muss erkennen, dass es auch
schon kleine Persönlichkeiten mit eigenem Charakter gibt,
man sollte sie führen und leiten,
aber darauf achten, dass man sie nicht verbiegt.*

*Das Gefühl zu vermitteln, man ist immer da,
und die Bereitschaft, Verständnis zu schenken,
wiegt oft mehr als gutgemeinte Belehrungen,
die in die falsche Richtung lenken.*

Zauberkraft

*Der Zauber verbirgt sich oft
hinter unscheinbaren Gesichtern.*

*Ein klarer Gebirgsbach
erzählt die schönsten Märchen.*

*Auf einer bunten Sommerwiese
wiegen sich die hübschesten Blumen.*

*Der kleine Schmetterling
tanzt zu einem Lied, das wir nicht hören.*

*Ein knorriger Baum
kennt die spannendsten Geschichten.*

*Ein Lächeln findet den Weg
in die verschlossensten Herzen.*

*Wenn wir wollen,
können wir kleine Dinge zu großen verzaubern!*

Lebensweisheit

Menschen, die viele Jahre durchwandert haben,
sehen manchmal weiter
und haben eine Antwort auf so manche Fragen.

Es sind erlebte Stunden und Momente,
die den Weitblick offenbaren,
und Erfahrungen, die sie auf ihrem Rücken tragen.

Sie können uns endlose und spannende Geschichten erzählen,
von der Vergangenheit
und gelebten Augenblicken.

Manchmal erscheint es uns fremd und fern,
doch wir lauschen neugierig
und lassen unsere Gedanken aneinanderrücken.

Ihre Gesichter sind manchmal müde und von Falten durchzogen,
das Haar hat seine Farbe verloren
und manches geht nicht mehr so leicht von der Hand.

Doch oft schlägt im Inneren ein fröhliches Herz,
umgeben von Seelenwärme und Lebendigkeit,
und begleitet von einem scharfen Verstand.

Donnergrollen

*Wenn nach der glühenden Hitze eines Sommertages
ein nächtliches Gewitter heranzieht,
fühlen wir uns bedroht und dem Schicksal ergeben.*

*Ängstlich warten wir darauf, dass es endlich weiterzieht,
ohne größeren Schaden anzurichten -
und ähnlich ist es in unserem Leben.*

*Manchmal braut sich eine dunkle Wolke zusammen,
und wir wissen nicht, ob sie der Wind weitertreibt
oder ob sie uns einen Platzregen bringt.*

*Doch es ist immer so -
nach dunklen Fronten kommt die Helligkeit,
das Blau kämpft sich durch und das Grollen verklingt.*

Gib mir deine Hand...

*...damit ich fühle,
dass jemand den Weg mit mir geht,
und weiß, dass man sich
auch ohne Worte versteht!*

*Es ist ein Gefühl von Zusammengehörigkeit
und schenkt Zuversicht und Mut;
das ist so viel
und tut jeder Seele gut!*

*Verständnis und Wärme begegnen sich,
wenn zehn Finger ineinander ruhen,
es ist unverständlich,
warum wir das nicht öfter tun.*

*Es schlägt eine Brücke zwischen zwei Herzen
und ist ein Zeichen für inneren Frieden,
sagt oft mehr als Worte
und drückt aus, wen wir lieben.*

*Besser reicht man seine Hand
zum Ausdruck von Zuneigung und Zärtlichkeit
und versucht, sie zurückzuhalten
im Zeichen der Gewalt!*

Suchtleben

*Es fängt oft ganz harmlos an
und wird wie ein Schneeball zu einer Lawine,
macht süchtig nach mehr
und drängt unser Bewusstsein auf eine gefährliche Schiene.*

*Wenn man spürt, dass man nicht mehr
verzichten will und nein sagen kann,
ist es oft schon zu spät
und man lässt sich mitreißen wie von einem wilden Gespann.*

*Manche Süchte erscheinen harmlos
und werden großzügig als normal abgetan,
sind Dinge des Alltags,
und gerade das ist das Gefährliche daran.*

*Irgendwann ist es jedoch soweit -
ohne die Notbremse zerstört es das eigene Leben,
schränkt die Freiheit ein
und die Folgen sind vorgegeben.*

*Das Wichtigste ist, es sich selbst einzugestehen
und bewusst seine Grenzen zu ziehen,
bei Bedarf fremde Hilfe zu suchen
und nicht blind vor sich selber zu fliehen!*

Richtungsänderungen

*Vieles im Leben findet irgendwann ein Ende -
manchmal stellen wir die Weichen selbst
und führen diese Entscheidung herbei.*

*Leben heißt Veränderung und Wachstum -
dadurch werden neue Richtungen bestimmt
und so mancher Abschnitt geht endgültig vorbei.*

*Was wir erfahren haben,
bleibt in unserer Erinnerung verankert
und ist ein wichtiger Teil unserer Persönlichkeit.*

*Es kommen neue Eindrücke dazu
und modellieren aus uns eine Skulptur
der menschlichen Reife und vergangenen Zeit.*

*Manchmal bedeutet es Verzicht und Verlust
von Dingen oder Menschen,
die uns am Herzen liegen.*

*Doch oft muss man sich entscheiden
und kann nicht alles haben
und sich dies zu einem Ganzen biegen.*

Verzeihen

*Wenn jemand gegen Deinen Willen handelt,
sich Zuneigung in Wut verwandelt,
fühlst Du Dich zurückgestoßen und verletzt,
weil Du es letztendlich nicht verstehst.*

*Doch gib es zu, wer ist schon fehlerlos?
Die Gefahr von Missverstehen ist riesengroß.
Manchmal ist es auch nicht so gemeint,
jemand ins Herz zu treffen, dass es weint.*

*Streck die Hand aus und verschenk nicht die Chance,
befrei Dich aus Deiner starrsinnigen Trance.
Halt nicht an alten Strickmustern fest,
wie jemand, der keine Sünden erlässt.*

*Auch Deinem Gleichgewicht tut es gut,
wenn die Weichheit siegt, anstatt der Wut.
Das Gedankenkarussell vermindert seine Fahrt
und dem Herzen wird eine schwere Last erspart.*

Begegnungen

*Jeden Tag begegnen wir neuen Menschen
und setzen unseren Weg unbeeindruckt fort,*

*sie berühren uns nicht
und jeder eilt hastig weiter an einen anderen Ort.*

*Doch immer wieder kommt jemand,
der unser weiteres Leben mitbestimmt,*

*der unsere Seele tief berührt
und die Stufen zu unserem Herzen erklimmt.*

*Unser Alltag wird beleuchtet,
gewinnt an Farbe und Lebendigkeit,*

*er wird rund und dreht sich wohlig
mit einem Gefühl der Geborgenheit.*

*Man fragt sich, war es Zufall
oder hat das Schicksal seine Finger im Spiel?*

*Begleiter durchs Leben zu finden
ist ein Geschenk und gibt uns unheimlich viel!*

Engelsgefieder

Du wirst

*unsichtbar berührt
und behutsam an der Hand geführt*

*verborgen beobachtet und bewacht,
schützend gefangen, wenn du fällst*

*sanft gestreichelt und vertrauensvoll
durch den Tag begleitet*

*in Geborgenheit gehüllt
und mit Wärme eingedeckt*

*an dein Gewissen erinnert
und in Gedanken entführt*

*für andere zu einem wichtigen Teil
des Alltags ernannt*

*ermächtigt, dich an andere
zu verschenken*

*ausgestattet, um tief zu sehen,
richtig zu hören und aufrichtig zu fühlen.*

Kinder sollen Kinder bleiben

*Wo sind sie geblieben, die unbeschwerten Tage,
als wir Kind sein durften
und die Zeit mit Rennen und Spielen vertrieben?*

*Man konnte noch bedenkenlos mit Freunden
über Wiesen streifen und das Wort Freizeit
wurde groß geschrieben.*

*Heute wird von den kleinen Wichten
schon eine Menge erwartet und vorausgesetzt;
am Besten, sie wären schon perfekt.*

*Schwächen und Lücken werden nur ungern akzeptiert,
es wird gefördert, wo es nur geht
und große Erwartung in sie gesteckt.*

*Diese fröhliche und bunte Zeit
kommt nie wieder zurück
und später gibt es keine Erinnerungen, die davon erzählen.*

*Für die Kinder wird der Weg bestimmt
und zu ihrem Besten auf lange Sicht vorausgeplant -
sie haben nicht das Recht zu wählen.*

Lebenserfahrung

*Jeder Kalendertag macht dich vollkommener, sei es
in deinem Denken, der Nachsicht und Toleranz gegenüber anderen
oder der Lebenserfahrung, die dich formt
und zu etwas Besonderem erhebt.*

*Keine vergangene Stunde ist umsonst,
denn es gibt immer etwas, was du daraus gelernt hast
und die Sicherheit wächst, gefühlsmäßig zu entscheiden,
ob man innehält oder weiterstrebt.*

*Unaufhaltsam rollen die Wellen des Meeres zum Ufer,
in der Tiefe verbergen sich die Geheimnisse des Lebens
und dein Blick verliert sich
in der unendlichen Ferne.*

*So ist es auch mit deinem Leben,
denn es ist ein Ozean der Gefühle,
in dem du dich verlierst - du sinkst entweder bis zum Grund
oder dir leuchten die Sterne.*

Bewusstsein

*Verschließe nicht die Augen vor den schönen Dingen, die dich umgeben.
Versuche, die Natur zu betrachten
und ihre Geräusche aufmerksam zu hören.*

*Berühre alles Lebende sanft und mit Zärtlichkeit, damit es wächst.
Achte darauf, wohin du gehst und worauf du trittst,
um nichts Vollkommenes zu zerstören.*

*Deine Gedanken werden frei bei einem Spaziergang durch die Natur,
wenn die Farben des Laubes das Auge verzaubern
und die kühle Herbstluft den Geist klärt.*

*Das Rascheln der trockenen Blätter lässt deine Seele zur Ruhe kommen,
im Einklang mit dem Körper und den Sinnen zu schwingen,
wird ihr nicht verwehrt.*

*Das goldene Licht wärmt dein Herz auf eine wundervolle Weise
und gibt dir das Gefühl,
dich in schöpferischer Vollkommenheit zu wiegen.*

*Verwirkliche die Kunst, im Trubel des Lebens anzuhalten.
Lehn dich zurück und besinne dich
auf die Dinge, die dir am Herzen liegen.*

*Nicht immer zeigt sich ein Sonnenstrahl, um dir den Weg aufzuzeigen.
Der Tag liegt nebelverhangen vor dir
und du erkennst nur schemenhafte Umrisse daraus.*

*Lege bewusst alles in die Waagschale deines Lebens,
entscheide dich mit dem Herzen für das Wichtige
und nimm das Unnötige heraus.*

Unscheinbar

*Ein Gänseblümchen allein
fällt kaum jemandem auf,*

*es ist winzig und klein,
mancher tritt gedankenverloren darauf.*

*Erst wenn sich viele vereinen
und dicht zusammenrücken,*

*dann finden sie Aufmerksamkeit
und ernten Entzücken.*

*Wir haben verlernt,
uns auf unsere Sinne zu verlassen,*

*uns an einfachen Dingen zu freuen,
die in der Hektik verblassen.*

*Jeder kann zaubern
und kleine Dinge zu großen verwandeln,*

*man muss sie nur wahrnehmen
und zärtlich behandeln.*

Das Zauberwort

ZEIT, um an einen lieben Menschen zu denken

ZEIT, ihm dies in Worten zu sagen oder in Taten zu zeigen

ZEIT, für ein gemeinsames Lachen und Fröhlichkeit

ZEIT, durch Zweisamkeit neue und bleibende Erinnerungen zu schaffen

ZEIT, um in Gedanken Hand in Hand durchs Leben zu gehen

ZEIT, durchzuatmen und Unwesentliches wahrzunehmen

ZEIT, auch mal etwas Verrücktes zu tun

ZEIT, sich auf die wichtigen Dinge unseres Daseins zu besinnen

ZEIT, um manchmal eine Gedankenreise anzutreten

ZEIT, um sich selbst nicht gänzlich zu verlieren!

Zeichen der Liebe

*Der Phantasie sind keine Grenzen gesetzt,
um dem Gefühl der Liebe Ausdruck zu verleihen,*

*meist sucht man nach betörenden Worten,
um sie mit sanfter Stimme aneinanderzureihen.*

*Der Musiker ersinnt sich ein Liebeslied
und komponiert eine berauschende Melodie,*

*mancher malt ein wunderschönes Bild
in leuchtenden Farben der Harmonie.*

*Blumen, auf der Wiese gepflückt
oder von Herzen verschenkt,*

*oder einfach ein aufmerksames Geschenk,
weil man an den anderen denkt.*

*Verständnis und Verzicht beweisen
aufrichtige Liebe zu einer Person,*

*Vertrauen und das Gefühl von Geborgenheit
gehören zur schlichten Version.*

Meeresrauschen

*Es liegt vor dir,
in unendlicher Weite und unergründlicher Tiefe*

*geheimnisvoll
und im bezaubernden Wechsel der Farben*

*die Wellen rollen zum Strand
und die Musik ist beruhigend und belebend zugleich*

*der frische Duft umgibt dich
wie ein unsichtbarer Schleier*

*auf dem Grund des Ozeans existiert eine Welt,
von der du nur einen kleinen Teil erahnst*

*begibst du dich hinein, wirst du von den Wellen getragen
und musst ihnen vertrauen, wie einem guten Freund*

*wenn die Sonne oder das Mondlicht sich auf dem Wasser spiegelt,
erscheint es dir märchenhaft und glanzvoll*

*deine Gedanken können in die Ferne schweifen
und du spürst eine unglaubliche Ruhe*

*es ist ein Ort,
an den du immer wieder zurückkehren willst!*

Generationen

*Jeder war einmal jung und sollte sich daran erinnern,
welche Gefühle dominierten und was einem wichtig war.*

*All jene, die rückblenden und sich in ihre Jugendzeit zurückversetzen,
verstehen besser und sehen klar.*

*Die Zeit schreitet voran, Dinge ändern sich
und das Leben pulsiert stets in einer veränderten Form.*

*Man muss sich dem Fortschritt anpassen,
denn nichts existiert ewig in einer starren Norm.*

*Es ist sehr wichtig, voneinander zu lernen
und sich gegenseitig liebevoll zu akzeptieren.*

*Man muss die nötige Freiheit gewähren und versuchen,
sich nicht in Besserwisserei zu verlieren.*

*Meist ist es ein Mangel an Verstehen, Loslassen und Toleranz,
um Konflikte heraufzubeschwören.*

*Selten ist Hass oder Lieblosigkeit der Grund,
sich voneinander abzuwenden,
um sich gegen alte Muster zu wehren.*

Vorurteile

*Jeder kennt es, manchmal denkt man
viel zu schnell und steckt andere
in vorgefertigte Schubladen hinein.*

*Nach einer gewissen Zeit der Prüfung
und genauerem Hinsehen
verändert sich oftmals der Schein.*

*Manchmal sind Menschen, die auf den ersten Blick
nicht unserer Vorstellung entsprechen,
wertvoller als wir zunächst dachten.*

*Jetzt ist es wichtig, seine ersten Eindrücke
und Grundsätze neu zu überdenken,
die uns anfangs so sicher machten.*

*Wir haben das Recht, uns auch mal zu irren,
falsch mit unserer Meinung zu liegen
und Dinge zu verkennen.*

*Doch wenn wir merken,
dass wir uns im Irrtum befinden,
müssen wir dazu stehen
und es beim richtigen Namen nennen.*

Südländischer Charme

*Der Weg führt durch verwinkelte Gassen
und über entlegene Plätze,*

*der Blick geht auf Wanderschaft
und entdeckt sehenswerte Schätze.*

*Es ist kein Prunk oder sterile Perfektion,
was ins Auge sticht,*

*liebevolle Details und lebendige Farben
verleihen Charme und Gewicht!*

*Bunte Blumentöpfe und halbgeöffnete Fensterläden
verbreiten unglaublichen Zauber,*

*vielleicht bröckelt die Fassade
oder die Kanäle sind nicht so sauber.*

*Man muss mit dem Herzen schauen
und mit den Sinnen spazieren gehen,*

*die Herzlichkeit der Menschen
und die Mischung aus Ruhe und Temperament verstehen.*

*Zeit und Zufriedenheit lassen sich
in den Winkeln der Häuser erahnen,*

*das Leben dort verläuft
noch in bescheidenen und ursprünglichen Bahnen.*

Wasser...

...ein unverzichtbares Element im Kreislauf unserer Erde,
wird oft von den Menschen gedankenlos verschmutzt und verschwendet.

Es fließt stetig, energiegeladen, und verborgene Quellen schlummern
unter uns - ja, und wir glauben, dass es niemals endet.

Es ist ein kostbares Geschenk und entscheidet mit über Leben und Tod,
bietet Raum für viele Lebewesen und sorgt für das Gedeihen der Pflanzen.

Es fasziniert durch die unterschiedlichsten Töne und Farben,
malt ein Stimmungsbild und verführt unsere Seele zum Tanzen.

In Form von Tränen wird unsere Seele von bedrückenden Lasten gereinigt,
sie suchen sich ihren Weg, um uns dadurch zu befreien.

Wasser ist wie unsere Gedankenwelt, manchmal trüb und wir sehen nicht
auf den Grund, doch schon morgen kann uns Klarheit Flügel verleihen.

Es besitzt Tiefe, so wie menschliche Gefühle,
ist manchmal unergründlich und weit, scheinbar bis in die Unendlichkeit.

Wir suchen seine Nähe, um in uns zu kehren oder um uns dadurch zu beleben,
mit einem Staunen über all die Natürlichkeit.

Es ist ein Kommen und Gehen mit gnadenloser Macht,
so wie die Gezeiten des Alltags unser Leben bestimmen.

Wir werden von ihm an der Oberfläche getragen oder gehen unter,
wenn wir nicht ausdauernd schwimmen.

Windgeflüster

Er weht dahin, frei und ungebremst;
manchmal raschelt er nur leise in den Blättern,
verfängt sich zu einem Spiel im Haar
und streicht sanft über die Haut.

Im Herbst treibt er das trockene Laub vor sich her
und pfeift für uns ein Lied;
wenn wir gemütlich im Warmen sitzen,
erscheint er uns sehr vertraut.

Er bringt ein Gewitter zu uns
oder bläst schwarze Wolken wieder fort;
die Kinder brauchen ihn, damit ihre Drachen
hoch in den Himmel steigen.

Manchmal bäumt er sich wütend auf,
reißt Hindernisse aus der Erde
und verwüstet alles;
er hat große Macht und will sie uns zeigen.

Er treibt Windräder zur Eile an
und bereichert unser Leben dadurch mit ein wenig Luxus,
leistet seinen Anteil zur Gewinnung von Energie.

Eine Prise Seeluft, angehaucht von Salz
und dem Duft der Meeresbewohner, weht er ans Ufer,
und diese Stimmung vergisst man nie.

Er kommt und er geht, wie es ihm beliebt
und verändert eigenwillig seine Stärke,
um zu schmeicheln oder zu vernichten.

Stellt man sich in seinen Weg, bietet er trotzig die Stirn,
doch spürt man ihn im Rücken,
kann man auf einen verbissenen Kampf verzichten

Naturgewalten

*Was sind wir für hilflose Geschöpfe,
wo bleibt die Macht bei all unserem Wissen,*

*wenn sich die Natur aufbäumt
und Bäche verwandelt zu reißenden Flüssen?*

*Wenn Stürme über das Land hinwegbrausen
und Wälder reihenweise knicken,*

*die Schneemassen sich zu Lawinen verwandeln
und alles unter sich erdrücken?*

*Wenn kein Regen mehr fällt
und alles Lebendige vertrocknet und verdorrt,*

*die Erde erbebt
und durch Vulkanausbrüche die Natur verschmort?*

*Wie leichtfertig gehen die Menschen mit ihrer Umwelt um
und bedecken sie mit Schmutz,*

*ist es ein Wunder wenn sie sich wehrt,
zu ihrem eigenen Schutz?*

Willensstärke

*Der Alltag schreitet dahin und wir planen energiegeladen
für die Zukunft und die folgende Zeit,*

*doch von heute auf morgen kann sich alles ändern,
denn sobald man sich krank fühlt, ist man für nichts mehr bereit.*

*Alles, was zunächst so wichtig erschien, tritt nun in den Hintergrund,
denn man ist zu müde dazu,*

*man verliert die Freude daran, leidet
und wünscht sich nur noch Besserung und Ruh.*

*Oft kann man die Betriebsamkeit der anderen
gar nicht mehr ertragen,*

*ärgert sich andererseits, wenn sie freundlich
nach der Krankheit und dem Wohlbefinden fragen.*

*Man sollte sich niemals unterkriegen lassen
und alle Energien mobilisieren,*

*denn der Wille versetzt Berge
und kann oft manches Leiden hypnotisieren.*

Zweisamkeit

*Hat man sich dazu entschlossen,
die Lebensstraße gemeinsam zu gehen,
heißt das, Stolpersteine zu vermeiden
und auch manchmal Krisen zu überstehen.*

*Nähe und Wärme genießen
und sanfte Geborgenheit spüren,
neugierig abwarten, in welche Richtung
Zeit und Zukunft hinführen.*

*Nie verlernen, zusammen zu lachen
und über Gedanken und Gefühle zu sprechen,
dann bleibt die Zweisamkeit elastisch
und droht nicht, auseinanderzubrechen.*

*Es kommt schon mal vor,
dass Kleinigkeiten zum Streit eskalieren,
aber das kann man klären,
ohne den gegenseitigen Respekt zu verlieren.*

*Schutz und Nähe zu verschenken,
die der andere braucht, wonach er sich sehnt,
so wie ein starker, schattenspendender Baum,
an den man sich lehnt.*

*Liebe und Wärme lassen die Beziehung wachsen
und malen den Alltag in harmonischen Tönen an,
denn es ist einfach so, dass man durch kleine Aufmerksamkeiten
den täglichen Trott beleben und erfrischen kann.*

Enttäuschungen

*Jeder musste es wohl schon einmal am eigenen Leib erfahren,
man setzt Erwartungen und Hoffnungen in die Welt,*

*jedoch geht nicht immer alles so, wie man sich das denkt
und so manche Wünsche bleiben solche
und die Erfüllung wird in die Ecke gestellt.*

*Vielleicht ist mancher Traum utopisch
und die Verwirklichung einfach unmöglich,
das Ziel zu hoch geschraubt,*

*doch auch wenn man einen Fehlschlag fürchtet,
muss man den Versuch wagen,
bevor dieser Gedanke unausgesprochen bleibt und restlos verstaubt.*

*Wer Hoffnungen setzt, muss auch Enttäuschungen verkraften
und einen Weg finden, um sie zu überstehen,*

*es darf uns nicht daran hindern,
immer wieder ungewohnte Wege zu beschreiten
und neugierig nach vorne zu sehen!*

*Es ist auch wichtig für uns zu erkennen,
dass nicht nur der Wunsch zählt,
um das Perfekte zu erstreben,*

*viele Adern laufen zusammen,
bilden einen Kreislauf und bestimmen den Rhythmus
unseres Herzschlags im Leben!*

Entschlossenheit

*Wenn ein Gedanke sich entzündet
und langsam in deinem Inneren reift,*

*dann spürst Du, wie er sich immer mehr ausbreitet
und von Deinem Herzen Besitz ergreift.*

*Natürlich melden sich Zweifel, die sich dagegenstellen
und an deiner Entscheidung bohren,*

*lässt du dich davon verunsichern,
hast du den Kampf bereits verloren.*

*Wenn du etwas wirklich willst,
findest du den Weg, es auch zu erreichen,*

*du musst nur fest daran glauben
und darfst nicht jedem Hindernis ausweichen.*

Mobbing

*Diese Unsitte nimmt immer mehr überhand,
jemanden unter Druck zu setzen
und ihm sein Selbstvertrauen zu rauben.*

*Der Alltag wird zum Alptraum,
meistens nicht ohne gesundheitliche Folgen,
man hört auf, an sich selbst zu glauben.*

*Man sollte sich entschieden dagegen wehren,
auf sich und seinen Wert vertrauen
und sich nicht kampflos dieser Strategie ergeben.*

*Es sind bedauernswerte und kalte Menschen,
die es nötig haben, anderen zu schaden,
um für sich Ruhm und Macht zu erstreben.*

*Andererseits ist es oft ein dichtes Netz,
gesponnen aus bösen Intrigen und Missgunst,
das sich hartnäckig verwoben hält.*

*Schikanen und Lügengeschichten trumpfen auf,
wobei die Schwächeren resignierend untergehen,
im alltäglichen Kampf auf dieser Welt.*

Mut

*Unser ganzes Leben lang
müssen wir ihn stets aufs Neue beweisen,*

*uns dazu überwinden,
um voranzukommen und nicht zu entgleisen.*

*Schon kleine Kinder brauchen ihn,
um nachts in den Keller zu gehen,*

*um sich auf die Realität zu besinnen
und keine Gespenster zu sehen.*

*Wir müssen uns manchmal entscheiden
und es gibt im Voraus keine Garantie,*

*doch wenn man sich selbst sicher ist,
zwingt man aufkeimende Zweifel in die Knie.*

*Er kommt nicht von allein
und wird uns nicht in die Wiege gelegt,*

*sondern wächst aus unserem Selbstvertrauen
und wird stark, wenn man ihn pflegt.*

*Mut entsteht nicht im Kopf, sondern er wohnt in der Seele
und kommt aus dem Herzen,*

*basiert auf Vertrauen und belohnt uns,
wenn wir nicht waghalsig mit ihm scherzen!*

Träume

*Sie leben in unserer Phantasie,
bewegen sich schemenhaft und körperlos.*

*Bleiben in unseren Gedanken haften,
wirken unerreichbar und verwegen!*

*Da sie uns verwehrt bleiben,
sind sie sehnsuchtsvoll und groß.*

*Warum strecken wir nicht die Hände aus
und gehen ihnen ein Stück entgegen?*

*Wir dürfen sie nicht aus den Augen verlieren,
sie umhüllen uns und geben Hoffnungsfunken.*

*Sie lassen unsere Seele lebendig vibrieren,
schmieden Pläne und sind in neuen Ideen versunken!*

*Manchmal lassen sich Träume leben,
sie bereichern unseren Alltag mit einem Prickeln.*

*Wir können ihnen schrittweise entgegenstreben,
wenn wir das richtige Gefühl entwickeln.*

Manipulation

*Die Medien und die Meinung anderer
beeinflussen stark unser Leben,
und unsere Entscheidungen
orientieren sich viel zu oft danach.*

*Es heißt nicht, dass die neueste Mode
unserem persönlichen Stil entspricht,
und manchmal ist ein aktueller Kinofilm
eher langweilig und flach!*

*Nicht immer sind Menschen,
die perfekt erscheinen
und im Mittelpunkt stehen,
auch die ehrlichen Freunde und Begleiter für unser Leben.*

*Wir selbst müssen die guten Seiten
an anderen entdecken und zu ihnen stehen,
auch wenn andere über diese Leute
lachen und von ihnen reden.*

*Es ist wichtig,
sich frei die eigene Meinung zu bilden
und unabhängig von anderen zu entscheiden,
was richtig ist und was man wirklich will.*

*Wer sich immer nach außen orientiert
und unsicher ist,
gewinnt niemals an Selbstvertrauen
und verfehlt dadurch sein Ziel!*

Schwerelos

*Lautlos schwebt er am blauen Himmel,
leicht und nur von heißer Luft getragen.*

*Grenzenlos setzt er seinen Weg fort,
wohin der Wind ihn trägt, eindrucksvoll und erhaben.*

*Der bunte Ballon, dem wir sehnsüchtig nachblicken
und uns wünschen, ebenfalls den Pflichten zu entgleiten.*

*Dahinzuschweben und die Dinge hinter uns zu lassen,
die uns kleine oder größere Sorgen bereiten.*

*Natürlich können wir nicht vor dem Leben fliehen
und uns mit verschlossenen Augen dagegen wehren.*

*Doch unsere Phantasie kann uns beflügeln,
um für kostbare Augenblicke dem Alltag den Rücken zu kehren.*

Grenzen

*Wenn du deinem Körper zuviel zumutest
und glaubst, ihn endlos belasten zu können,
wirst du sehen, dass dieses Spiel
nicht unbegrenzt funktioniert.*

*Irgendwann ist der Punkt erreicht,
wo er sich dagegen wehrt und dir seine Grenzen setzt,
bevor er müde daran zerbricht
und die Lebensfähigkeit verliert.*

*Oft willst du die Signale dafür mutwillig übersehen
und gehst deinen Weg stur geradeaus,
nimmst die Anzeichen
einfach nicht ernst.*

*Denkst, du allein
hast die Macht und die Kontrolle,
verfolgst all deine Ziele,
ohne dass du daraus etwas lernst!*

*Manchmal ist es besser,
innezuhalten und durchzuatmen,
um aufmerksam in seine Seele zu hören,*

*als mit geschlossenen Augen weiterzuhasten,
um sich letztendlich durch falschen Ehrgeiz
selbst zu zerstören!*

Gleichheit

*Wir sollten rücksichtsvoll und mit Respekt
mit anderen umgehen und Ablehnung vermeiden,*

*denn wir alle sind gleich,
nur dass wir uns manchmal in Sprache und Hautfarbe unterscheiden!*

*Terror und Gewalt sind Mittel von Menschen,
die ihre eigene Schwäche auf andere übertragen,*

*wie sie es umgekehrt empfinden würden,
das sollten sie sich vielleicht einmal fragen!*

*Jeder Einzelne ist verletzlich, besitzt eine empfindsame Seele
und ein Recht auf Menschenwürde,*

*doch für manche ist diese Tatsache unverständlich,
sie ignorieren intolerant und kurzsichtig diese Hürde.*

Miteinander

*Egal wie lange man sich kennt und das gemeinsame Leben teilt,
eines sollte man niemals vergessen:
Jeder ist eine einzigartige Persönlichkeit -
diese anzugreifen, finde ich vermessen.*

*Es ist natürlich, dass sich die Meinungen unterscheiden,
die nicht nur im Gleichschritt marschieren.
Doch gezielte Verletzungen vor anderen lassen sich vermeiden,
um nicht den gegenseitigen Respekt zu verlieren.*

*Deshalb sollten wir Differenzen ruhig und unter vier Augen klären,
statt einen öffentlichen Auftritt zu inszenieren.
Dadurch verhindern wir, dass Wut und Enttäuschung gären,
und wir so Ungerechtigkeit hineininterpretieren.*

*Respekt und Achtung sind unerlässliche Bausteine,
darauf ruht ein gemeinsames Leben.
Ein Gespräch in Ruhe bringt so manches ins Reine,
vermittelt zwischen Nehmen und Geben.*

Toleranz

*Keiner ist so wie du,
das weißt du selbst am besten!
Jeder Mensch ist einzigartig,
in seinem Aussehen und seiner Wesensart!*

*Versuche dies zu akzeptieren
und nimm deine Nächsten, wie sie sind.
Gib dir nur ein wenig Mühe
und verurteile sie nicht zu hart!*

*Selbst wird man auch so angenommen
und entspricht nicht dem Ideal.
Etwas, das man egoistisch leicht vergisst,
denn man stellt sich gern ins rechte Licht.*

*Man kann manche Fehler tolerieren,
oder über kleine Macken lächeln.
Manchmal über seinen Schatten springen,
ohne dass ein Zacken aus der Krone bricht.*

Novembergegensätze

*Wenn die bunten Drachen lustig im Wind schaukeln
und die gefärbten Blätter durch die Luft tanzen,
kommt auch die Zeit der Dunkelheit,
die uns manchmal trist und trüb umfängt.*

*Man ist verleitet, schwermütig
diese Jahreszeit zu durchwandern,
wo der Nebel dominiert und somit
die belebenden Strahlen der Sonne verdrängt.*

*Andererseits ist es eine Zeit der Gemütlichkeit,
des Kerzenscheins und der Ruhe;
man sucht die Wärme des Ofens
und Halt an einer dampfenden Tasse Tee.*

*Die Vergänglichkeit des Lebens
wird uns in der Natur bewusst, wenn wir
die feuchte Erde riechen oder gefrorene Wege beschreiten,
zugedeckt mit eisigem Schnee.*

*Doch diese Zeit ist ein Teil des Ganzen,
sie gehört einfach mit dazu,
auch wenn uns das eintönige Grau
mit ein wenig Traurigkeit erfüllt.*

*Das endgültige Ziel ist immer dort,
wo die Geborgenheit wohnt
und uns schützend
in ihren wärmenden Mantel hüllt.*

Seelenverwandtschaft

*Gedanken gehen den gleichen Weg
und Worte sind oft überflüssig,
der eine denkt,
was der andere gerade aussprechen will.*

*Die Träume und Erwartungen
sind dieselben
und die Seelen sind verbunden
durch ein harmonisches Gefühl.*

*Geistige Nähe
ist eine Selbstverständlichkeit
Und führt wie eine Brücke
zum andern.*

*Vertrauen und Geborgenheit
sind treue Begleiter,
die warm und tief
im Herzen ankern.*

Tränenschleier

*Tränen sind ein Ausdruck unserer tiefsten Gefühle
und sie entstehen aus verschiedenen Gründen,*

*es sind Rührung, Schmerz oder Freude,
die mit ihnen den Weg vom Herzen zu den Augen finden!*

*Es tut unserer Seele gut,
wenn wir ihnen freien Lauf gewähren,*

*denn wir befreien uns dadurch von Lasten,
die uns das Leben erschweren.*

*Niemand sollte sich ihrer schämen
und sich mit einem Panzer umgeben,*

*sie sind kein Zeichen von Schwäche,
sondern von Sensibilität und Seelenleben.*

*Wer hat je entschieden,
Männer und Jungen sollen stark sein und nicht weinen?*

*Jeder hat dazu das Recht,
seien es die Großen oder die Kleinen!*

*Es ist ein Ventil in unserem Innern,
wenn der Platz für die Gefühle nicht mehr reicht,*

*denn hinterher fühlt man sich besser
und ein klein wenig leicht!*

Wintertraum

*Ein unendliches Meer von weißem Schnee,
glitzernd in der Wintersonne*

*kühle Luft, die unseren Geist belebt
und die Wangen rötet*

*schneebeladene Bäume,
die der Last tapfer standhalten*

*und zugefrorene Gewässer,
die zum Eislaufen verführen*

*Schritte, die über den harschigen Boden voranstreben
und die eisige Stille durchbrechen*

*Kinder, die in bunten Zipfelmützen einen Schneemann bauen
und auf dem Schlitten kreischend den Hang hinuntersausen*

*ein einzigartiges Geschenk der Natur,
das wir jedes Jahr umsonst bekommen...*

Inhaltsverzeichnis

Letztes Jahr	5
Sonnenmeer	7
Aufgerafft	9
Gedankenreise	11
Gleichgewicht	13
Ehrlichkeit	15
Neues Leben	17
Zauberkraft	19
Lebensweisheit	21
Donnergrollen	23
Gib mir deine Hand	25
Suchtleben	27
Richtungsänderungen	29
Verzeihen	31
Begegnungen	33
Engelsgefieder	35
Kinder sollen Kinder bleiben	37
Lebenserfahrung	39
Bewusstsein	41
Unscheinbar	43
Das Zauberwort	45
Zeichen der Liebe	47
Meeresrauschen	49
Generationen	51
Vorurteile	53
Südländischer Charme	55
Wasser	57
Windgeflüster	59
Naturgewalten	61
Willensstärke	63
Zweisamkeit	65
Enttäuschungen	67
Entschlossenheit	69
Mobbing	71
Mut	73
Träume	75
Manipulation	77
Schwerelos	79
Grenzen	81
Gleichheit	83
Miteinander	85
Toleranz	87
Novembergegensätze	89
Seelenverwandtschaft	91
Tränenschleier	93
Wintertraum	95